FRANÇOIS COPPÉE

INTIMITÉS

PARIS
ALPHONSE LEMERRE, ÉDITEUR
PASSAGE CHOISEUL, 47

M.D.CCC.LXVIII

FRANÇOIS COPPÉE

INTIMITÉS

PARIS
ALPHONSE LEMERRE, ÉDITEUR
PASSAGE CHOISEUL, 47

M.D.CCC.LXVIII

INTIMITÉS

DU MÊME AUTEUR :

Le Reliquaire (Poésies), 1 volume.

Pour paraître prochainement :

Angelus (Poëme).

I

Afin de louer mieux vos charmes endormeurs,
Souvenirs que j'adore, hélas! et dont je meurs,
J'évoquerai dans une ineffable ballade,
Aux pieds du grand fauteuil d'une reine malade,
Un page de douze ans aux traits déjà pâlis
Qui, dans les coussins bleus brodés de fleurs de lys,
Soupirera des airs sur une mandoline

Pour voir, pâle parmi la pâle mousseline,
La reine soulever son beau front douloureux,
Et surtout pour sentir, trop précoce amoureux,
Dans ses lourds cheveux blonds, où le hasard la laisse,
Une fiévreuse main jouer avec mollesse.
Il se mourra du mal des enfants trop aimés;
Et parfois, regardant par les vitraux fermés
La route qui s'en va, le nuage qui passe,
La voile sur le fleuve et l'oiseau dans l'espace,
La liberté, l'azur, le lointain, l'horizon,
Il songera qu'il est heureux dans sa prison,
Qu'aux salubres parfums des forêts il préfère
La chambre obscure et son étouffante atmosphère,
Que ces choses ne lui font rien, qu'il aime mieux
Sa mort exquise et lente, et qu'il n'est envieux
Que si, par la douleur arrachée à son rêve,
La reine sur le coude un moment se soulève
Et regarde longtemps de ses yeux assoupis
Le lévrier qui dort en rond sur le tapis.

II

Elle viendra ce soir; elle me l'a promis.
Tout est bien prêt. Je viens d'éloigner mes amis,
De brûler des parfums, d'allumer les bougies
Et de jeter au feu les fades élégies
Que j'ai faites alors qu'elle ne venait pas;
Et j'attends. Tout à l'heure elle viendra. Son pas
Retentira, léger comme un pas de gazelle,

Et déjà ce seul bruit me paiera de mon zèle.
Elle entrera, troublée et voilant sa pâleur.
Nous nous prendrons les mains, et la douce chaleur
De la chambre fera sentir bon sa toilette.

O les premiers baisers à travers la voilette!

III

C'est lâche! J'aurais dû me fâcher, j'aurais dû
Lui dire ce que c'est qu'un bonheur attendu
Si longtemps et qui manque, et qu'une nuit pareille
Qu'on passe, l'œil fixé sur l'horloge et l'oreille
Tendue au moindre bruit vague dans l'escalier.
C'est lâche! J'aurais dû me faire supplier,
Avoir à pardonner la faute qu'on avoue

1.

Et boire en un baiser ses larmes sur sa joue.
Mais elle avait un air si tranquille et si doux
Qu'en la voyant je suis tombé sur les genoux;
Et, me cachant le front dans les plis de sa jupe,
J'ai savouré longtemps la douceur d'être dupe.
Je n'ai pas exigé de larmes ni d'aveux,
Car ses petites mains jouaient dans mes cheveux.
Tandis que ses deux bras m'enlaçaient de leur chaîne,
D'avance j'absolvais la trahison prochaine,
Et, vil esclave heureux de reprendre ses fers,
J'ai demandé pardon des maux que j'ai soufferts.

IV

Il faisait presque nuit. La chambre était obscure.
Nous étions dans ce calme alangui que procure
La fatigue, et j'étais assis à ses genoux.
Ses yeux cernés, mais plus caressants et plus doux,
Se souvenaient encor de l'extase finie,
Et ce regard voilé, long comme une agonie,
Me faisait palpiter le cœur à le briser.

Le logis était plein d'une odeur de baiser.
Ses magnétiques yeux me tenaient sous leurs charmes;
Et je lui pris les mains et les couvris de larmes.
Moi qui savais déjà l'aimer jusqu'à la mort,
Je vis que je l'aimais bien mieux et bien plus fort
Et que ma passion s'était encore accrue.

Et j'écoutais rouler les fiacres dans la rue.

V

Sa chambre bleue est bien celle que je préfère.
Mon bouquet du matin s'y fane, et l'atmosphère
Languissante s'empreint de parfums assoupis,
Les longs et fins rideaux, tombant sur le tapis,
Attendrissent encor le jour discret et sobre
Que leur verse une tiède après-midi d'octobre.
Au coin du feu mourant deux fauteuils rapprochés

Semblent causer entre eux de nos prochains péchés.
Un coussin traîne là sans raison ; mais le fourbe
S'offrira tout à l'heure au genou qui se courbe.

VI

La plus lente caresse, amie, est la meilleure,
N'est-ce pas ? Et tu hais l'instant funeste où l'heure
Rappelle avec son chant métallique et glacé
Qu'il se fait tard, très-tard, et qu'il est dépassé
Déjà le temps moral d'un bain ou d'une messe.
Car ce sont les adieux alors et la promesse
De revenir. — Et puis nous oublions encor.

Mais le timbre implacable à la claire voix d'or
Recommence. Tu veux te sauver; tu te troubles.

Hélas! et nous devons mettre les baisers doubles.

VII

Septembre au ciel léger taché de cerfs-volants
Est favorable à la flânerie à pas lents,
Par la rue, en sortant de chez la femme aimée,
Après un tendre adieu dont l'âme est parfumée.
Pour moi, je crois toujours l'aimer mieux et bien plus
Dans ce mois-ci, car c'est l'époque où je lui plus.
L'après-midi, je vais souvent la voir en fraude;

Et quand j'ai dû quitter la chambre étroite et chaude,
Après avoir promis de bientôt revenir,
Je m'en vais devant moi, distrait. Le Souvenir
Me fait monter au cœur ses effluves heureuses;
Et de mes vêtements et de mes mains fiévreuses
Se dégage un arome exquis et capiteux
Dont je suis à la fois trop fier et trop honteux
Pour en bien définir la volupté profonde,
— Quelque chose comme une odeur qui serait blonde.

VIII

Le crépuscule est triste et doux comme un adieu.
A l'Orient, déjà dans le ciel sombre et bleu
Où lentement la nuit qui monte étend ses voiles,
De timides clartés, vagues espoirs d'étoiles,
Contemplent l'Occident clair encore, y cherchant
Le rose souvenir d'un beau soleil couchant.
Le vent du soir se tait. Nulle feuille ne tremble

Même dans le frisson harmonieux du tremble ;
Et l'immobilité se fait dans les roseaux
Que l'étang réfléchit au miroir de ses eaux.
En un parfum ému chaque fleur s'évapore
Pure, et les rossignols ne chantent pas encore.

Pour échanger tout bas nos éternels aveux,
Chère, nous choisirons cette heure, si tu veux.
Nous prendrons le chemin tournant de la colline.
Mon front se penchera vers ton front qui s'incline ;
Et nos baisers feront des concerts infinis
Si doux que les oiseaux, réveillés dans leurs nids,
Trouveront la musique à cette heure indiscrète
Et se demanderont quelle bergeronnette
Ou quel chardonneret est assez débauché
Pour faire l'amour quand le soleil s'est couché.

IX

A Paris, en été, les soirs sont étouffants.

Et moi, noir promeneur qu'évitent les enfants,
Qui fuis la joie et fais en flânant bien des lieues,
Je m'en vais, ces jours-là, vers les tristes banlieues.
Je prends quelque ruelle où pousse le gazon
Et dont un mur tournant est le seul horizon.

2.

Je me plais dans ces lieux déserts où le pied sonne,
Où je suis presque sûr de ne croiser personne.
Au-dessus des enclos les tilleuls sentent bon ;
Et sur le plâtre frais sont écrits au charbon
Les noms entrelacés de *Victoire* et d'*Eugène*,
Populaire et naïf monument que ne gêne
Pas du tout le croquis odieux qu'à côté
A tracé gauchement, d'un fusain effronté,
En passant après eux, la débauche impubère.

Et quand s'allume au loin le premier réverbère,
Je gagne la grand'rue, où je puis encor voir
Des boutiquiers prenant le frais sur le trottoir,
Tandis que pour montrer un peu ses formes grasses
Avec son prétendu leur fille joue aux grâces.

X

Je suis un pâle enfant du vieux Paris, et j'ai
Le regret des rêveurs qui n'ont pas voyagé.
Au pays bleu mon âme en vain se réfugie,
Elle n'a jamais pu perdre la nostalgie
Des verts chemins qui vont là-bas à l'horizon.
Comme un pauvre captif vieilli dans sa prison
Se cramponne aux barreaux étroits de sa fenêtre

Pour voir mourir le jour et pour le voir renaître,
Ou comme un exilé, promeneur assidu,
Regarde du coteau le pays défendu
Se dérouler au loin sous l'immensité bleue,
Ainsi je fuis la ville et cherche la banlieue.
Avec mon rêve heureux j'aime partir, marcher
Dans la poussière, voir le soleil se coucher
Parmi la brume d'or, derrière les vieux ormes,
Contempler les couleurs splendides et les formes
Des nuages baignés dans l'occident vermeil ;
Et quand l'ombre succède à la mort du soleil,
M'éloigner encor plus par quelque agreste rue
Dont l'ornière rappelle un sillon de charrue ;
Gagner les champs pierreux sans songer au départ,
Et m'asseoir, les cheveux au vent, sur le rempart.

Au loin, dans la lueur blême du crépuscule,
L'amphithéâtre noir des collines recule,
Et, tout au fond du val profond et solennel,
Paris pousse à mes pieds son soupir éternel.

Le sombre azur du ciel s'épaissit. Je commence
A distinguer des bruits dans ce murmure immense,
Et je puis, rêveur grave, écoutant, plein d'émoi,
Le vent du soir froissant les herbes près de moi,
Et, parmi le chaos des ombres débordantes,
Le sifflet douloureux des machines stridentes,
Ou l'aboiement d'un chien, ou le cri d'un enfant,
Ou le sanglot d'un orgue au lointain s'étouffant,
Ou le tintement clair d'une tardiye enclume,
Voir la nuit qui s'étoile et Paris qui s'allume.

XI

Elle est un peu pédante, et lorsque nous lisons,
Tout en faisant rôtir sa pantoufle aux tisons,
Elle laisse échapper un fin mot de critique.
Moi, comme j'ai fait choix d'un livre sympathique,
Comme il est quelquefois signé par un ami,
Je le défends, mais trop faiblement, à demi,
Les amoureux ayant des lâchetés infâmes.

— Les poëtes pourtant sont bien compris des femmes,
Non ceux que le Lyrisme emporte aux fiers sommets,
Mais les doux, les souffrants, mais Sainte-Beuve, mais
Musset, quand il s'abstient de rire, et Baudelaire,
Lorsque pour engourdir son mal et sa colère
Il se plonge dans les parfums lourds de langueur.
— Elle aime ces divins interprètes du cœur.
Moi, je lis à ses pieds et relis le passage
Où, comme elle l'a dit, l'auteur n'était pas sage,
Doux nid de vers où des baisers étaient tapis.

Et le livre souvent tombe sur le tapis.

XII

Quelquefois tu me prends les mains et tu les serres,
Tu fixes sur les miens tes yeux bons et sincères
Et, me parlant avec cette ferme douceur
Qui tient du camarade et qui tient de la sœur,
Mêlant dans tes discours les douces réprimandes
Aux encouragements tendres, tu me demandes
Quelles longues douleurs et quels chagrins aigris

M'ont fait le front si pâle et les yeux si meurtris.
Je prétexte d'abord des tristesses confuses,
Des ennuis qu'il vaut mieux taire; mais tu refuses
De me croire et j'avoue un souci bien banal.
Je te confie alors, tout honteux, qu'un journal
Qui trouve des oisifs quelconques pour le lire
Vient d'insulter mon art, mes frères et la Lyre,
Que je m'en suis ému, mais que je m'y ferai.
— Alors, amie, avec ton regard préféré
Qui se charge un moment de bienveillants reproches,
Pour me mettre les bras au cou tu te rapproches,
Et, donnant à ta voix son charme captivant,
Tu me railles tout bas et tu me dis : — Enfant!
Enfant qui se permet de garder ce front blême
Et ces grands yeux remplis de chagrin, quand on l'aime.
Ces poëtes ingrats! ils sont trop adorés.
Nous les reconnaissons à leurs beaux doigts dorés
Encor d'avoir saisi les papillons du Rêve,
Et nous sentons frémir nos cœurs de filles d'Ève.
C'est d'abord un attrait vaguement vaniteux

Qui nous séduit; car nous savons que ce sont eux
Qui domptent la Pensée et le Rhythme rebelles
Pour dire aux temps futurs combien nous fûmes belles.
Mais, les Èves toujours écoutant les Démons,
Nous les aimons, et puis après nous les aimons
Encor, parce qu'eux seuls savent parler aux femmes.
Ainsi donc vous auriez les Rêves et les Ames,
Poëtes ! vous seriez les heureux, vous auriez
La Rose qui parfume et fleurit vos lauriers ;
Vous auriez cette joie, et parce que l'Envie
Aura mordu le vers qu'une femme ravie
La veille avait trouvé peut-être le plus beau,
Ainsi qu'un écolier qui se plaint d'un bobo,
Vous nous reviendriez tout pleurants et moroses.

— Je t'écoute, mignonne, et tu me dis ces choses
D'un accent qui caresse et, doucement moqueur,
Éveille la gaieté fraîche qui vient du cœur ;
Et tu me le redis jusqu'à ce qu'applaudisse
Ma pensée oubliant la haine et l'injustice ;

Et tu n'en parles plus que lorsque l'entretien
Te fait bien voir mon cœur heureux comme le tien.
Ainsi nous devisons longtemps à l'aventure :
Et quand c'est bien assez parler littérature,
Afin que ton conseil me soit plus précieux,
Tu me fais le baiser que tu sais, sur les yeux

XIII

Le soleil froid donnait un ton rose au grésil
Et le ciel de novembre avait des airs d'avril.
Nous voulions profiter de la belle gelée.
Moi chaudement vêtu, toi bien emmitouflée
Sous le manteau, sous la voilette et sous les gants,
Nous franchissions, parmi les couples élégants,
La porte de la blanche et joyeuse avenue,

Quand soudain jusqu'à nous une enfant presque nue
Et livide, tenant des fleurettes en main,
Accourut, se frayant à la hâte un chemin
Entre les beaux habits et les riches toilettes,
Nous offrir un petit bouquet de violettes.
Elle avait deviné que nous étions heureux
Sans doute et s'était dit : Ils seront généreux.
Elle nous proposa ses fleurs d'une voix douce,
En souriant avec ce sourire qui tousse.
Et c'était monstrueux, cette enfant de sept ans
Qui mourait de l'hiver en offrant le printemps.
Ses pauvres petits doigts étaient pleins d'engelures.
Moi, je sentais le fin parfum de tes fourrures;
Je voyais ton cou rose et blanc sous la fanchon,
Et je touchais ta main chaude dans ton manchon.
— Nous fîmes notre offrande, amie, et nous passâmes;
Mais la gaieté s'était envolée, et nos âmes
Gardèrent jusqu'au soir un souvenir amer.

Mignonne, nous ferons l'aumône cet hiver.

XIV

Je ne suis plus l'enfant et tu n'es plus l'espiègle
Qui naguère, le long des verts épis de seigle,
Effarions les oiseaux du printemps par nos jeux,
Ou qui marchions, le long des aubépins neigeux
Dont la branche en passant vous taquine et vous frôle,
Enlacés et l'épaule appuyée à l'épaule,
Parlant tout bas d'amour qu'on ne peut épuiser

Et ton front juste à la hauteur de mon baiser.
Six ans se sont passés depuis lors, six années !
Et le beau temps n'est plus des blondes matinées,
Du ciel dans le regard, du vent dans les cheveux,
De la lèvre chanteuse et facile aux aveux
Et des perles d'argent du rire qui s'égrène
Comme une fleur qui sème au loin sa folle graine.
— Nous ne regrettons pas, sans doute, nos vingt ans;
Car notre amour loyal grandit avec le temps.
Mais le mien ne devient ni courageux ni mâle.
Je suis toujours enfant pour souffrir; et plus pâle
Est mon front, et mon cœur plus sombre et plus amer.
Tel qu'à l'écueil revient le lourd paquet de mer,
La cigogne au clocher, et la flèche à la cible,
Tel je reviens toujours à mon rêve impossible,
A ton amour pour moi qui te met en danger,
Aux courts instants d'oubli qu'il nous faut abréger,
Car nous savons tous deux qu'un espion les compte,
A ce bonheur que nous cachons comme une honte,
A ce logis que j'ose à peine orner de fleurs,

Où je viens en secret, comme font les voleurs,
Et dans lequel tu vis, hélas ! emprisonnée,
A tes chagrins, et puis à la vingtième année,
Au temps des longs chemins qu'on fait à petits pas,
Échangeant des serments légers, ne sachant pas
Qu'il faudra tant souffrir et que c'est pour la vie,
Au bon temps où, parmi la nature ravie,
On s'aime en ne songeant qu'à la beauté des cieux,
— Et je t'écris cela les larmes dans les yeux.

XV

Au fond je suis resté naïf, et mon passé,
Bien que sombre, n'a pas tout à fait effacé
De mon cœur la première et candide chimère ;
Et lorsque je rencontre, allant devant leur mère,
Timides sous les yeux ardents des connaisseurs,
Deux fillettes de seize à dix-huit ans, deux sœurs
Se ressemblant, avec d'identiques toilettes,

Et portant, comme deux joyeuses goëlettes
Dont les mêmes couleurs pavoisent les haubans,
Le même air d'innocence et les mêmes rubans,
Je suis heureux; j'en ai quelquefois pour des heures
A me bercer alors d'espérances meilleures,
A rêver d'un doux nid, d'un amour de mon choix
Et d'un bonheur très-long, très-calme et très-bourgeois.
J'imagine déjà la faveur indicible
Du livre qu'on ferait près du foyer paisible,
Tandis qu'une adorée aux cheveux blonds ou noirs
Promènerait les flots neigeux de ses peignoirs
Par la chambre à coucher étroite et familière,
Pour allumer la lampe ou remplir la théière.

Mais cette illusion ne dure pas longtemps.
Et tu reviens avec tes désirs irritants,
Passé! Passé fatal par qui ma vie est prise!
Poison amer et doux dont on meurt, mais qui grise!
Et toutes les ardeurs du mauvais souvenir,
Qui viennent s'imposer à mes sens et ternir

Les naïves blancheurs à peine encore écloses,
Sont comme des moineaux qui, dans le mois des roses,
S'installeraient, parmi tous les autres jardins,
Pour prendre leurs ébats effrontés et badins,
Se becqueter à l'aise et palpiter des ailes,
Dans un pensionnat de jeunes demoiselles.

XVI

L'autre soir, en parlant à cette jeune fille
D'un rien, du chiffon blanc que brodait son aiguille,
Du ruban que parmi ses nattes elle avait,
Vain prétexte pour mieux admirer le duvet
Des petits cheveux blonds frisant près de l'oreille,
Et cette ombre, au reflet d'une rose pareille,
Du menton mollement replié sur le cou,

Tout en causant, je fis, dis-je, ce rêve fou :
Que rien n'était charmant comme une demi-teinte,
Que cette enfant avait la timidité sainte
Des longs cils d'or voilant les chastes regards bleus
Et des gestes d'hermine effrayés et frileux ;
Et déjà ma pensée absorbante et jalouse
Se la représentait comme une blanche épouse,
Pure et douce, au milieu d'un frais intérieur
Égayé par les jeux d'un bel enfant rieur.

Et cette impression qu'elle m'avait donnée
Dura le lendemain toute la matinée,
Si bien que j'espérais presqu'un amour naissant.

Le bon rêve ! J'étais comme un convalescent
Faible encore et fiévreux, mais qui se sent renaître
Et qui, dans les coussins, auprès de sa fenêtre,
Devant un ciel d'avril plein d'azur rajeuni,
Sourit en se disant que tout n'est pas fini,
Tandis qu'un feu discret meurt dans les cendres chaudes

Et qu'il voit au jardin en vives émeraudes
Sur les arbustes noirs éclater les bourgeons.
Les nuages, avec lesquels nous voyageons,
Lui parlent d'horizons, d'air pur, de libres courses
Dans les grands bois charmés du murmure des sources ;
De la ferme avec son bonnet de chaumes blonds,
Croulante sous l'assaut fantasque des houblons
Et de loin devinée à son odeur d'étable,
Où, vers le soir, dans la salle basse on s'attable.
Et, tout en caressant son menton amaigri,
Heureux, tendre, oubliant déjà son mal guéri
Qui lui fut un miroir des amitiés fidèles,
Il songe au tout prochain retour des hirondelles.

Achevé d'imprimer

pour

ALPHONSE LEMERRE, LIBRAIRE

PAR D. JOUAUST

LE 28 FÉVRIER M DCCC LXVIII

A PARIS

www.ingramcontent.com/pod-product-compliance
Ingram Content Group UK Ltd.
Pitfield, Milton Keynes, MK11 3LW, UK
UKHW022147170726
13837UKWH00004B/1840

9 782329 168494